歌集

余波《なごり》

村山美恵子

角川書店

余波　目次

I

天女　9
晴海通り　16
歌舞伎座　20
引揚げの惨　27
太平洋戦争末期　35
発癌　41
指呼の間　48
未年の春　55
慰霊の日　59
高嶋健一　十三回忌　64
悼　山形裕子　69
二十五回忌　75

亡夫の長崎 80
悼　藤井さち子 87
神崎川 92

Ⅱ

研究室 101
水甕表紙の古筆 105
関西大学弓道部 109
紅白の餅 114
黄の花盛り 122
日銀タンカン 127
逢瀬 135
くまモンの風雅巻き 139

丙子の女　143
骨折　148
永遠の埋み火　153
中座　160
己と巳　167
とろろいも　172
鷗公園　178
熊谷武至　184

あとがき　190

装幀　倉本修

歌集　余波《なごり》

村山美恵子

I

天女

蒼穹を憧れ仰ぎゐにし世に訪れ今に生きる天つ女

打ち寄する潮《うしほ》の沁みる砂浜に根を張り枝を伸ばす松原

いにしへの皇子は標に引き結び天つ女は衣《きぬ》掛けし松が枝

偽りは天界になく人間の住む世にありと天女嘆けり

面を伏せ泣かれて漁夫の差し出す両の腕に羽衣揺らぐ

涙もて人動かされ遠つ世の情けは蒼く澄める深海

緋の衣つけて舞ふなる天つ女のすり足に謡は緩らに流る

東遊びの笛は世を去る天つ女の名残りに緑の松を震はす

去ぬと見せ又戻り来て翻す袖に別れの心滲ます

昇りつつ舞ひつつ離《さか》る羽衣の薄くたなびき空の青透く

ミサイルに右の羽衣飛ばされて泣き伏す天女の雨しとどなり

地球《テラ》界の戦に慄き天つ女は月読壮士《つくよみをとこ》の宙《そら》へ翔《かけ》れり

晴海通り

寿司屋過ぎ又も寿司屋の晴海通り築地市場を右手に近く

鳩数羽集ひて朝静かなる勝鬨橋のたもとの公園

世を隔て数多の人の詠みにける隅田川なむ見下ろし佇てる

市場まで路上駐車は隙間なし波除神社の前のみ空けて

音もなく近づきすり抜けターレットは荷を運び出しまた戻り来る

業者去り観光客にはまだ早くテントの内はたまゆらの寂

通り過ぎ戻り曲がるに行き止まり本願寺なる表札を見る

歌舞伎座

歌舞伎座を頭に逆立ちせる如くビル高々と背後に聳ゆ

雪洞に鳥居の朱は照り映えて歌舞伎稲荷大明神坐《ま》す

癌センターは最早見えざり高きビル晴海通りの南西に増え

先人の碑を護らむと屋上に目を剝く再建前の鬼瓦

黙阿弥は本所の庭にふためかむ灯籠蹲ひ消え失せたりと
本所より歌舞伎座屋上に移転

山三《さんざ》との逢瀬の木蔭なりにけむ阿国桜の緑葉繁る

八歳の尾上左近の口上に歌舞伎座割けむばかりの拍手

松緑の見返り睨む面差しに父辰之助甦りけり

二十五人の鳶を相手に松緑は屋根より力の限り飛び降る

幕間《まくあひ》の膝に開けたり折詰の「一食啓上にて候」を

幕引かれ戻るさ灯りほの白き万年橋端に名犬チロリ

捨て主は知るや介護介在のセラピー犬たるブロンズ像を

家元の四代目かく歌舞伎座に観たり咽喉の傷痕覆ひ

引揚げの惨

万博の翌年生まれと君は言ひ沖縄返還の前年と聞く

石川一郎氏

壇上の君より若く沖縄の復帰に命注ぎにし亡夫

東京と那覇を飛び交ひ姑逝きし日さへ居所摑めざりにき

忍従の二十七年聞くうちに引き揚げ来つる叔母ら顫ちきつ

沖縄返還は終戦二十七年後

引揚げの途次に逝きける姪の名を吾子に付けしと目を伏す仲谷氏

仲谷　昇

櫃に鎖しおきし引揚げ　叔父叔母に従妹に母の友の幾たり

八路軍来ぞと壁穴より逃げしをざんばら髪の叔母繰り返す

やせ細り足の縺るる手を引きて従弟戻るとただ喜びき

饐え臭き従妹を背負ひ抑留の叔父の帰りを共に待ちにき

我儘は影を潜めて引揚げの叔父叔母従兄弟に座を占められき

首落とし逆さに吊りて血を流し抑留解かれし叔父への鶏スキ

口減らしを自ら計り種村の爺は遍路の衣まとひ辞す

引揚げは夏なりしことせめてもの救ひか無蓋の列車に積まれ

被《かぶ》れるを耐へ耐へ抜きしのみが生きこの世の栄えを頂くものか

太平洋戦争末期

ところてんのぬるりと出るを固唾飲み見詰めてゐたりお河童髪に

床下の防空壕に電気引き灯火管制へいちやらの父

校庭に歓声上がりまだ揚がる長崎生まれの父の奴凧

お結びは蟻に覆はれその後を覚えず父と逃げ込みし森

鉛筆の芯は向かうへむけて置き敵突くべしと校長の訓

角砂糖を煮詰めて飴を作りつつ又の渡満を母強請りゐき

大分はやられ燃ゆるぞ疾く逃げよ鎮守の森へまう走れない

ぢいや去りばあやにねえやみんな去りへつつひの前に母と三毛猫

駄菓子屋の元さん伯父伯母父と母ラジオの前に硬く座しゐき

玉音放送

みつかりて又も没収されしてふあの米誰の胃に入りしか

発癌

渡されし紙に癌とゐ原因は不明ではなくストレスゐ医師

経過良き誰彼文に挙げて来つ左右別れの辻あり癌は

来週の今頃はオペ終はりゐむ選歌の手を止め時計を見上ぐ

エイプリルフールに一日早きオペ真実追ひ出しける癌とせむ

震へつつ年を越さむと散り残り水木の枯れ葉梢に残れる

空いたく狭くなりたりわが庭の向かひに高く家建て替はり

除夜の鐘は湯船に浸りつつ聞けり病みても昼夜遂に戻らず

冬の日の軌道遮り建て替はり吾のゆく手もかくやと見上ぐ

サニタリーバッグなるもの浴室に備へられゐて世は移りけり

眠剤を忘れホテルに不寝《ねず》の番術後のリカバリー室浮かぶ

深閑としたる真白き方形にこの世あの世の知れぬ微睡

籤引きと癌に当たりて大会に選者賞賜ぶ当たりの納め

百年を超ゆる結社のめでたさに学びの友の別れを刻む

指呼の間

毟らるる雑草《くさ》は痛かろ毟るわが咽喉の傷の痛みのほどに

動物は嘘をつかずと聞きけるを思ひ出しつつ野良猫を追ふ

部屋中の灯りをつけていささかの賑はひ独り過ごす夜すがら

破れたる網戸全てを張替へて風通し良き亡夫の誕生日

生まれきて乳をまさぐりゐし頃かやがて別るる母とは知らず

掃き終へて跨ぎてみたり君憩ふ十万億土へ飛びてか行かむ

ふはふはと上用饅頭さながらのテープ取れたる首の傷跡

鋏研ぎ物干し売りも来ずなりて真夏真昼の街静かなり

ねこじやらしは金網潜り穂を伸ばし歩道の行き来に人を擽る

目覚ましの蟬は休業　降る雨に吾も休業文五通書く

書き綴る暇に心はさやぎ出づあの鬱指呼の間に眠れりや

この夏の猛暑を掃き出すかのごとく降り続く雨夜更けに激し
おやすみを促し窓に上弦の月はとろりと寝姿を見す

未年の春

川島を龍村織に敷き替へて残《あと》は仕舞へりよき日の余波《なごり》

塞ぎ虫塞ぎ潰せと元旦の空かき曇り雪降り出しぬ

仙台の雪に負けじと降り急ぎ見上げ見下ろす屋根白くせり

枝ぶりのままに雪積む　槙の木はてんこ盛りとはかくぞとばかり

雪被き織部形は蹲踞に姿映せり日辻の三日

織部形＝石灯籠の一種

後ろ手に二重太鼓を結び終へ昨年《こぞ》を忘れて鏡に佇てり

舞初めの一足早く宮に寄り天神様に癒えし喉見す

慰霊の日

慰霊の日原爆記念日終戦日天災祀る後に押し寄す

姉君は撃たれ汝は父母の裡にゐしかの終結の日はまた巡る

名なきまま平和の礎《いしじ》に刻まれし胎児にも来つ七十回忌

慰霊の日六月二十三日は沖縄県民のみの休日

デジタルの大辞泉に見つけたり広辞苑にもなき「慰霊の日」

ＮＨＫの戦後記録に数秒の沖縄本土復帰万歳

十《じふ》十《じふ》苦《く》　復帰記念日　慰霊の日　沖縄県民声張り上げよ

いちはやく花水木の葉は色褪せて落ち始めたり終戦記念日

核保有嘉手納の写真公開に続き吹田の殺人放映

高嶋健一　十三回忌

焼香の後思ほえず目を覆ひ涙あふれ来つ拭ひもあへず

熊谷師を囲み甲山氏と君とこだま号に向きあふ至福

高嶋氏の見入り給ひしイタリーの限定絵皿に日は遡る

犬飼はねえと岳父を言ふ時の青年めける甘やかな声

聞いてよと前置きをして話し出す夜の電話は胸裡の底

透析に身は臥せにつつゆらゆらと神漂はせゐにけむ君は

湯に透くる肌に命を確かめて今日の心をゆるゆる放つ

シャンプーの泡を遊ばせ指先は萎むばかりの海馬をなだむ

オペ無事に済みたりや否気がかりはぬぐふ詮なし身を拭ひつつ

悼　山形裕子

子を育て事務所を広げその上に歌に命を注ぎし裕子

かの日より山形裕子と名乗りにし河野裕子がまた癌に逝く

阪急の轟音ものともせず論じし高架下なる優氏と裕子

西藤　優

自らに言ひにしならむ自が歌を詠めと失意の吾に叫びしは

裕子用ガウンを羽織り書《ふみ》を読む泊まりにし日を温めながら

貰ひにし手紙の束を見せ合ひき思ひの丈は地球を廻《めぐ》る

逢引のサクラ、　のろけの聞き役を吾に押し付け楽しみにけむ

謀りてはただに笑みゐし半世紀葬りは嘘と現れ来ぬか

引く回す押す厨辺に立ち詰めの開くる記憶の戻らざる手間

怒りんばうと裕子の声の聞こえ来つ怒り尾を引く夜の降《くだ》ちに

吾と共に友生き続く命ある限り喧嘩はもうするなくて

二十五回忌

将之は追悼号に勲章を首より掛けてにこやかに笑む

夫の見るなかりし勲章仏壇に共に眠りて二十五回忌

松竹梅の図柄の金杯棚に古り二十四金とは知れざらむ

ほとばしるシャワーに影は俯きて髪洗ひゐるポールを横に

排水溝をトリートメントの泡覆ふ吾の嘆きの流れ行く待ち

先駆けを好む枝らし楓樹の梢ひとところ鮮やかに朱

陶の犬一匹増えて寝ころべり診療待ちを慰め顔に

白髪のはつか混じれり越しきたる三十年前の腕白坊主

一夜さの雨につはぶきの花開き末枯れ初めたる庭賑はせり

亡夫の長崎

最終便の福岡に降りタクシーを飛ばせり長崎迄を寡黙に

吾が縫ひし服を着古しつつましく姑は長崎の家を守りき

見えてゐるとは見えぬ程目を細め義母は笑みにき吾と居る時は

初七日を済ませて戻りたる那覇に義母の作りし干物着きにき

＊

古びたる官舎は山手に残りゐて幼ら見下ろしゐし窓見上ぐ

をぢちやんの車はまつすぐ走らない落ちれば病院窓格子ある

ジャン友の夕餉の菜の具を提げて週末毎に坂登りにき

危篤なる父を離れて待合室に友と語り明かしにし夫

マージャンと国と夜を徹し身に背負ひ神に召されき仲間より疾く
仲間より一足先に夫発ちき南山手のジャン卓抱へ

命の火太く短く燃やし果つ気骨厳しき夫とジャン友

悼　藤井さち子

三カ月の余命と友に知らされて己が余命の如くうろたふ

唐突の友の病に周章てつつ一四〇〇号特集を読む

「心の花」一四〇〇号

「心の花」の名鑑に見る海舟に古今集の押印浮かぶ

三月との余命宣告それまでは命の保証ありとし思へ

人間に終焉ありと三月なる余命諾ひ笑みしよさち子

子息には内緒と笑みて歌会に現れにけり癌病むさち子

一口大シュークリームを会員と共に食みしよ別れの宴

遍歴の後にここぞと通ひ詰めわが前に書き共に食みにき

荼毘に付す頃ぞと呟き込みつつ祈る別れの懼れこの後はなし

神崎川

道細く心細かる線路沿ひ後ろに追はれアクセルを踏む

神崎に残る渡し場手を伸ばし届きさうなり向かう岸まで

太郎冠者の舟《ふな》やあいと招きける神崎の水豊かに満てる

初春の年始回りに留守なのか水鳥の道に水鳥は居ず

ブルーなる新しき橋架かりゐて南吹田に駅出来るらし

雨に濡れ虫に食はれて素裸の椿に白き一輪灯る

体重は四十二キロ青春に戻るもの吾に有りと見下ろす

噴水は冬籠りらし森閑としたる水面に雲丸く見ゆ

イギリスにモナコフランス王室のロイヤルローズ園に賑はふ

王室の名の薔薇低く並べるをそぞろ歩きに見下ろしてゐる

垂れ込める雲の扉は不意に開き頬を掠めて夕日届けり

クリムゾン・グローリーの真紅映ゆ射し込む夕日に園は明るみ

植物は裏切らざりと亡夫言ひき庭に名無しの薔薇ありし日よ

Ⅱ

研究室

隣室のキー叩く音止むしばし規則正しき鼾響き来

七時限の鐘が鳴りたり盂蘭盆に校内時計は年中無休

鈴振りの時計チクタク時刻み緩める脳を揺さぶりてゐる

夜の窓に小《ちさ》き光の行き交へりかしこに高速道走るらし

停めてゐし跡のみ白し土砂降りの後をターンし戻り路へつく

雨宿りしてゐし若きか夜の更けの道にあふれて車進めず

対向車はタクシーばかりこのまちへ送り届けて戻りゆくらし

水甕表紙の古筆

筆の美を称へながらに誤写を挙げ水甕表紙に残す柴舟

公任のちらしをずらし柴舟は七言絶句にみせかけて写す

珍しき公任筆のちらし書きを水甕に載せ柴舟遊ぶ

柴舟は知る知らざるや水甕の表紙の古筆をかく解かるを

柴舟は骨を埋めて名を埋めず水甕本誌もかく残れかし

暗雲を押し分け茜差し込めり水害の報続く夕べに

原氏蔵三井家蔵と名を残し富めるが今に古筆を伝ふ

関西大学弓道部

正座をし両手をつきてこんにちは　弓道部員は次々に来つ

的中の矢は天蓋を突き抜くるすんてふ清らかなる音を弾く

流鏑馬《やぶさめ》の射手となる子もゐるならむ弓引き絞り狙ひを定む

名のみ知る那須与一とはにかみぬ道衣きりりと着けたる部員

もの陰の土間のバケツに水を張り外れたる矢を洗へるクピド

弓懸《ゆがけ》嵌め端を手首に巻くうちに乙女は射手の息を整ふ

腰くびれ胸当て豊かに引き絞る弓に狙ふは紛ふなく彼

巻藁の的は軒下に場を占めて雨に濡るるを懼れ逃げ腰

立ち上がり辞さむとするにいち早く靴揃へくれき道衣の彼は

紅白の餅

ロータリーを囲む電飾は噴水の小便小僧を曝し灯れり

ほろ酔ひの朱き満月《もちづき》向かひ家の屋根の上よりわが窓覗く

吐く息の白きに包まれつつ進む菩提寺迄の山茶花の道

木々の影まだ消えぬ暮れ虫食ひの素裸椿に白き一輪

紅白の搗きたての餅届きたり来春《らいはる》の吾の傘寿を祝ひ

温かき土の深きに伸び太り友の心の葉付き大根

新しき年への化粧直しらし大晦日の樹々雨に洗はる

覗き見を惜しむが如く生駒嶺にじんわり今年の初日昇り来

紅白の餅に傘寿を祝はれて濡れねずみの吾に初春来る

神崎の川に悼みは皆流し友新しくあたらしき年

西窓に夕日見送り新しき年の一日は穏やかに暮る

日の丸の門扉にはためく千里山に残されて生き二十六年

仮名たどるのみに日暮らす年月に表情乏しくなりたるものか

万能器の指もて菜を割き絞りパソコン疲れの眼を癒す

絶ゆるなき垂水に習ひ今少し続けてもみむ柴舟追ふを

黄の花盛り

比類なき寒波襲来との予報聞きける夜空に半月照れり

予報など人の勝手と日は照りて小躍りしつつ少し戸惑ふ

門毎に車は路を向き睨み番犬めけり今日は日曜

山茱萸の黄の花ふはと咲き群れて朝日登るを待ち兼ねてをり

稿一つ残る朝の気重さを吹き飛ばせとよ黄の花盛り

土佐水木の枯れ枝先に五輪ほど俯き垂りて灯る啓蟄

午後五時のまだ日おもての家並は生駒嶺を背に左右に広がる

忘恩の徒は捨て置けと亡き夫は言ふべしもはや怒りは湧かず

日銀タンカン

仰ぎ見る狭庭のさ緑昨年よりもさらに空へとそよりさ揺らぐ

還暦の前に舞ひける常磐津の「年増」のビデオ見てゐる傘寿

切手入れに兎白鳥鳩増やし封書を量りながら貼り足す

傘差して五郎の足駄《あしだ》かたことと音をたてつつポストへ急ぐ

賜びにける口紅真紅の傘寿なり今しばらくは生きよと言ふか

大荒れの天気予報と株下落日銀タンカン期待を外す

降る雨に逆らふとせずなべて葉を垂らして立てりわが花水木

ちゃんぽんは食みに食めども麺減らず隣席既に三人変はる

ずるくとも怠け者でも憎めなき太郎冠者欲し　切に願ふも

雨音はシャワーの音に混じり合ふ何処かの崖を又崩すのか

素裸にされたる椿に新芽出づ襲ひし虫への負けじ魂

魂は濡れても叩かれても死なぬ亡夫の育てし庭樹に倣へ

横向きの兎貼り足しポストへとおぼろ月夜を急ぎてをりぬ

しうしうとインク吸ひこむモンブランのペン先に吾が脳よあやかれ

わが心われよりも知る指先の万年筆はわが代弁者

逢瀬

絽の衣を広げ並べて又仕舞ふ再び出向き逢ふこと無けむ

逢はむ為千七百年老ゆるなき織姫立てり鵲の橋

煌々と照る月明かりに導かれ織女は今宵逢瀬遂げ得む

考へてゐる間も針は動きゐて何するとなく夜は更けにけり

向かひ風に身体は益々重くなり進み難かり月の夜の坂

シンデレラは傘寿となりて靴を履き駆け戻るに日付変はりぬ

申し訳ばかりの小さき花咲かせ塀の向かうに留守居の向日葵

くまモンの風雅巻き

くるりんと戯《おど》けくまモン「風雅巻き」に包みくるるを待てる安らぎ

震災の痛み受けにしくまモンは阪急に仁川・本山悼む

疲れたる心も海苔に包み込みくまモンの豆胃にまめまめし

ブラジルのガンビアーハに見習へとかき乱されし心を宥む

今野氏のこだはる七のひちとしちこんがらがれり関西に棲み

今野寿美氏

かく夏は去りゆくものか骸なる蟬の二匹が門扉の根方

木漏れ日と共に風入れ台風の去りたる午後の秋めく畳

丙子の女

牛の尾に捕まり一番狙ひたる鼠になるなと嘗ての賀状

諦めることに馴らされ生きてきてまた諦めて詫びを認《したた》む

ぶらりんと下がるゴーヤの水ぶとり葉は台風に激しく揺らぎ

帰り待つ家の如くに門灯と玄関灯を点けて、ポストへ

灯あかりのほの見ゆる窓決まりゐて夜更かしの家ほんの一軒

入院の友の安否は知れぬまま母屋と同じき門灯点る

仰向きに稽古場の板に寝転べばかそかに樟の香立つ雨の午後

この次は如何なる懲らしめ企むか猛暑捨て去り風冷えて来つ

ロバの耳ならぬ聞かされ続けたる耳は痒くてだんだん萎む

骨折

左腕折れてほとほと寝返りの打てざる重症患者となれり

相棒のなかる右手の頼りなさ切れず千切れずシフト使へず

左腕折れて働かざる脳に借りる保名のやまひ鉢巻き

重力をごまかし左手上がりたり右を下にし微睡める後

生駒嶺をくきやかに見せお日様のお出ましなるぞと茜広がる

ころりんと絞り出されて生駒嶺に火照れる丸き陽は踊り出づ

福袋求めて腕をかばひつつ混める店内の流れに沿へり

青空の下は晴れゐむ曇りたる窓を開きて彼方を望む

午後からは雪てふ予報にふためくか鴉高鳴き屋根を飛び交ふ

永遠の埋み火

鼻をつまみ安寝を起こし母よりの肉じやが渡せり避暑地の真昼

ちゃぶ台にノートを広げ方程式解きけり程なく訪れ来べし

やあと言ひすれ違ひたり兄上は伴ふ吾には気付かぬふりに

グランドのスタンドに並び掛けにける今に薄るるなかるるときめき

呼び捨てに吾を言ひ何やら話す声襖を開けむとして洩れ聞こゆ

新聞に弁論大会優勝を読みしと吾より喜びたまふ

手を引きてたもれ夜は見難しと言はれて繫ぎし月の海岸

母上の作りたまひしつと開く志高湖畔の草原の膝

劇場は満席立ち見の肩に手を軽く添へられ瀕死の白鳥

通されて仏間に正座せし時のおさげの先の背に凍りつく

羊水を出てやうやく治まるとみえし流れは又紛れ込む

*

弟君にはとやのみえ子と名告《なの》る時まぎれなく湯の街の少女子

中座

道頓堀のぼんぼり中座の揚げ看板吾が舞ひし日のビデオに現る

受付の長蛇進まず口々に配給の世を言ひ並び待つ

襟深く抜きて顔師の前に座しまづ役を告げ顔差し出す

付人の広ぐる浴衣の御簾内に肌着とステテコ新しく替ふ

男衆《をとこし》の二人がかりで締め上ぐる帯の据《すわ》りに息は整ふ

椅子に掛け両手足首白塗りは顔師の弟子に任する仕上げ

幕引かれ地方衆のひな壇に揃ふを待ちて進み頭を下ぐ

セリに乗り前弾きの間に奈落より上《のぼ》る世界は十八世紀

振り付けは人間国宝藤子師の「都風流」に江戸踊り分く

浪速なる中座に示す浅草の仲見世酉市べつかふ祭り

土頭はの奈落躓きがちに行く間もなく失せむ中座に舞ひて

猿翁の早変はりに走りける暗き奈落を吾は手と足探り

風入るる窓のきしみに何がなし旅役者めき化粧落とせり

己と巳

人間に活入れ野菜を萎れさせ疫病神を追ひ払ふ塩

躑躅咲きどうだん躑躅の花しぼみ庭の主役は又入れ換はる

明日までのおさらば夕日は雲払ひ厨の吾へ律義なさらば

日の沈みにはかに眼冴えてくる死までは変はるなからむリズム

夜毎に三四二一の聞きける長唄の新曲浦島かけて寝に就く

幾そたび舞ひける文楽劇場に舞台の助六呆と見てをり

袖口に紅色ほの見せいにしへの男《を》心《ごころ》誘ふ大和の文化

わんちゃんの散歩に向かひの車庫開き公園迄の送迎車出づ

己は十干巳は十二支の六番目似て非なる字の似て非なる意味

とろろいも

俯きて髪すすぐ隙世の中はさしたるねばもなきとろろいも

石垣と溝との僅かの隙間埋め白波寄せ来　立浪草の

前庭は山茱萸裏は土佐水木の黄の色見えてこの家にも春

春雨に濡れそぼちたる庭の木々さつと芽吹けりさ緑色に

ウエディングカーさながらに花びらを浴びけり雨の桜樹の下

本読まず歌選ぶなく考へず列車に専《もは》ら揺らるる傘寿

郵便物届かず返信迫られずやよ傘寿にも大型連休

一匹は抱かれ一匹のみ歩くチンと今宵もすれ違ひたり

晴れ女の訪ね来る日よ雨止まむ窓開け放ち寝室を出づ

鏡よ鏡世界中で一番の傘寿たれよと口角を上ぐ

ぐつぐつとがめ煮の滾る音に紛れくだくだしきは退散をしぬ

鷗公園

地下鉄は高架となりて側道を走る車の渋滞見下ろす

大国主命の杜見え来大国町《だいこくちやう》を降りて間もなく

出雲より縁結びの神来給ふや甲子待《きのえねまち》の幟はためく

鳩に餌を与ふるなかれとある札の前を鳩群る鷗公園

桜には遅く藤にはやや早く緑繁れる下に憩へり

立ち止まりスマホに見入る飼ひ主を時折見上げ寄り添ふ小犬

葉桜に陽は遮られ黒御影の折口信夫の歌碑ひそまれり

熊谷師の離りし折口信夫なるほい駕籠を待つ歌を彫られて

沼空の生誕の地てふ石碑立ち幼三人がフラココを漕ぐ

父親の肩に跨り幼子は両手を広げ飛行機を追ふ

熊谷武至

遠花火の音聞こえ来つ人混みの河辺の上の闇に爆ぜゐむ

コンコン・チキチン・コン・チキチン武至忌巡り天神祭

天満祭に烏帽子水干の夫は見ず　永久の別れの恩師にまみゆ

雉鳩はいづくに移り棲めるにや師の家消えて後の幾歳

わづかなる余命に建てし書庫を見せ楽しみませしはせめての癒し

映さるることを厭はず病院のベッドに笑める終のみ姿

よしや師の捲りしならむ古書店に「賀茂翁家集」の木活字本

庭樹々の眠りを覚まし水撒けりＰＣ深夜営業の後

言ふべきは言へと宣らしし師も夫も亡くて言の葉又飲み下す

物言はず手を出さざり　転がされ起上《おきや》がり小法師《こぼし》は笑みつつ起きて

あとがき

二〇一四年より二〇一八年三月までの作品から三一八首を選び恣意的に纏めた、私の第七歌集である。

夫の没後、私は日本舞踊に、狂言に、短歌、そして通学、と時間に追われつつ夢中で過ごして来た。

前歌集準備中の発癌は、予後を本集に詠み、幸い年一度の検診で済んでいるが、一昨年の骨折に続き傘寿を迎えると、余命と為すべき事の均衡がしきりに思われてきた。

まずは歌の整理から始めたのだが、読み返しているうちに思い出は甦る。

還暦を迎えず夫は逝き、その追悼記を寄せて下さった企業戦士ならぬ国家戦士は古希の前後で全員他界された。それぞれ日本の戦後経済の発展に関わった気概を持って。

取り残された私には何を訴える力もない。せめて、太平洋戦争末期、引揚げ、沖縄、難波五座の一つの中座廃業直前の一日、改装成った歌舞伎座、等、歴史の片隅の一齣を掬って詠んでみたが、どれ程の事も伝え得ず、私の心は悉くのものに余波《なごり》がつきまとう。

今はその余波から逃げ出して先へ進むことを望んでの上梓となった。

なお、上梓に際し、煩雑な作業の総てを前歌集に続いて角川文化振興財団『短歌』編集長の石川一郎氏と担当の打田翼氏のお世話になった。

心より御礼申し上げたい。

二〇一八年四月十六日

村山美恵子

著者略歴

村山美恵子（むらやま・みえこ）

1936年　旧満州生まれ。
1967年　「水甕」入社、熊谷武至に師事。水甕賞、柴舟賞受賞。
1997年より選者　編集委員。
2013年　関西大学大学院文学研究科後期課程単位修得。
2018年　大阪府知事表彰受彰（文化部門）。

現代歌人協会会員。「ＮＡＮＩＷＡ」編集発行人。
日本舞踊藤間流師範。

著書
歌集『溯洄』、『漂寓』、『惜秋』、『有涯』、『嫩江』、『浚井』
『尾上柴舟大正期短歌集　附―尾上柴舟著作目録―』（編著）
『哀惜の譜　人間国宝　茂山千作先生』
『教育ママのため息』（合著）
『夫　村山　務』（編著）

現住所　〒565-0851　吹田市千里山西4-17-16

歌集　余波《なごり》

水甕叢書 第895篇

2018（平成30）年7月1日　初版発行

著　者　村山美恵子

発行者　宍戸健司

発　行　一般財団法人 角川文化振興財団

〒102-0071 東京都千代田区富士見1-12-15

電話 03-5215-7821

http://www.kadokawa-zaidan.or.jp/

発　売　株式会社 KADOKAWA

〒102-8177 東京都千代田区富士見2-13-3

電話 0570-002-301（カスタマーサポート・ナビダイヤル）

受付時間　11:00 〜 17:00（土日 祝日 年末年始を除く）

https://www.kadokawa.co.jp/

印刷製本　中央精版印刷株式会社

落丁・乱丁本はご面倒でも下記KADOKAWA読書係にお送り下さい。

送料は小社負担でお取り替えいたします。古書店で購入したものについてはお取り替えできません。

電話 049-259-1100（10時〜17時／土日、祝日、年末年始を除く）

〒354-0041 埼玉県入間郡三芳町藤久保550-1

 ISBN978-4-04-884196-2 C0092